EL PRÍNCIPE FELIZ

EL PRÍNCIPE FELIZ

Basado en un cuento de Oscar Wilde

JANE RAY

BLUME

Para Joseph, mi pequeño Príncipe Feliz.
J.R.

BLUME

Título original:
The Happy Prince

Traducción:
Ursel Fischer

Coordinación de la edición en lengua española:
Cristina Rodríguez Fischer

Primera edición en lengua española 2002

© 2002 Art Blume, S.L.
Av. Mare de Déu de Lorda, 20
08034 Barcelona
Tel. 93 205 40 00 Fax 93 205 14 41
E-mail: info@blume.net
© 1994 Orchard Books, Londres
© 1994 de las ilustraciones Jane Ray

I.S.B.N.: 84-95939-36-3
Depósito legal: B. 38.679-2002
Impreso en Egedsa, S.A., Sabadell (Barcelona)

CONSULTE EL CATÁLOGO DE PUBLICACIONES ON-LINE,
INTERNET: HTTP://WWW.BLUME.NET

En la cima de una columna, desde la cual se dominaba la ciudad, se encontraba la estatua del Príncipe Feliz. Toda la figura estaba cubierta de hoja de oro, sus ojos eran dos zafiros brillantes, y en la empuñadura de su espada lucía un enorme rubí rojo.

Una noche, una pequeña Golondrina que sobrevolaba la ciudad vio la estatua sobre la columna. Así que bajó para posarse justo a los pies del Príncipe Feliz.

–Tengo un dormitorio dorado –se dijo a sí misma, acurrucándose para dormir. Pero al inclinar la cabeza para cobijarla debajo de una de sus alas, se dio cuenta de que una gruesa gota de agua acababa de caer sobre su plumaje. Inmediatamente después le cayó una segunda y una tercera, y la Golondrina, sorprendida, levantó su cabecita para mirar hacia arriba.

Los ojos del Príncipe Feliz estaban llenos de lágrimas que se deslizaban por sus doradas mejillas. Su cara lucía tan bella a la luz de la luna que la pequeña Golondrina sintió una gran pena por él.

—¿Quién eres tú? —le preguntó.

—Soy el Príncipe Feliz.

—Entonces, ¿por qué lloras? —cuestionó la Golondrina—. Me has empapado.

—Antes, cuando aún estaba vivo y tenía un corazón humano, ignoraba lo que eran las lágrimas. Y todos mis cortesanos me llamaban el Príncipe Feliz. Pero ahora, que estoy muerto, me han colocado encima de esta columna tan alta desde la cual puedo ver toda la miseria de mi ciudad. Y aunque mi corazón es de plomo, se llena de tristeza y no puedo evitar el llanto.

—Lejos de aquí —continuó la estatua—, hay una pequeña casa donde vive gente muy pobre. Allí hay un niño muy enfermo, que no se puede levantar de la cama y que pide unas naranjas. Pero su madre no tiene otra cosa que darle que agua del río. Pequeña Golondrina, mi querida Golondrina, ¿podrías llevarles el rubí de mi espada?

–Me esperan en Egipto –respondió la Golondrina–. Todas mis amigas están
volando Nilo arriba y Nilo abajo y se entretienen charlando con las flores de loto.
Pronto se acostarán a dormir en la tumba del gran faraón. El propio faraón
se encuentra allí, dentro de un gran sarcófago bellamente decorado. En su cuello

lleva una bonita cadena de jade de color verde pálido, y sus manos son como auténticas hojas marchitas.

–Golondrina, Golondrina, mi pequeña Golondrina –suplicó el Príncipe–, ¿no puedes quedarte conmigo una noche y ser mi mensajera?

El Príncipe Feliz tenía un aspecto tan triste que la pequeña Golondrina arrancó el
gran rubí de la empuñadura de su espada y se fue volando por encima de los tejados
de la ciudad, con la joya en el pico.

Dejó atrás la torre de la gran catedral con sus esculturas de ángeles en mármol blanco.
Cruzó el río donde brillaban los faroles colgados en los mástiles de los barcos.

Finalmente consiguió llegar a la casa de aquella pobre gente, donde
se encontraba el niño enfermo. Entró por la ventana y dejó el rubí colocado
encima de la mesa.

Enseguida emprendió el vuelo de vuelta y le relató al Príncipe Feliz lo que había
hecho. —Es curioso, pero ahora me siento muy bien, aunque haga tanto frío.

Al día siguiente, cuando asomó la luna, la Golondrina miró al Príncipe Feliz y le dijo:
–Voy a emprender mi vuelo a Egipto.

–Golondrina, Golondrina, mi pequeña Golondrina –dijo el Príncipe–, ¿podrías quedarte conmigo una noche más?

—Me esperan en Egipto —respondió la Golondrina—. Allí, el dios Memnon permanece sentado en un gran trono de granito, observando las estrellas durante toda la noche, y cuando finalmente se asoma el lucero del alba, da un fuerte grito de alegría, y a continuación se hace un gran silencio. Al mediodía los leones dorados llegan a la orilla del estanque para beber.

–Golondrina, Golondrina, mi pequeña Golondrina –volvió a pedir el Príncipe–, muy lejos de aquí, al otro lado de la ciudad, puedo ver en una buhardilla a un joven que intenta terminar una obra para el director del teatro, pero tiene demasiado frío para seguir escribiendo.

–Pasaré otra noche contigo –intentó consolarle la Golondrina que realmente tenía un buen corazón–. ¿Quieres que le lleve otro rubí?

–¡Lástima! Ya no me queda ninguno –respondió el Príncipe–. Mis ojos son todo lo que me queda. Están hechos de zafiros de la India, y son muy valiosos. ¡Arráncame uno y llévaselo!

–Querido Príncipe –suspiró la Golondrina–, no puedo hacer eso. Y el Príncipe empezó a llorar.

–Golondrina, Golondrina, mi pequeña Golondrina –insistió el Príncipe–, debes hacer lo que te pido.

Así que la Golondrina le arrancó uno de los ojos y se alejó volando a toda prisa para llegar a la buhardilla del estudiante. Y éste, al levantar la mirada, se encontró el zafiro en su mesa.

–Ahora sí que debo despedirme de ti –decidió la Golondrina la noche siguiente
cuando la luna empezaba a asomarse en el cielo–. Debo volar a Egipto.

–Golondrina, Golondrina, mi pequeña Golondrina –respondió el Príncipe–. ¿Podrías
quedarte otra noche conmigo?

–Se acerca el invierno –suspiró la Golondrina preocupada–, y dentro de poco todo estará cubierto de nieve. En Egipto luce un sol cálido que brilla sobre las palmeras, y los cocodrilos descansan perezosamente en las aguas tibias de los ríos. Mi querido Príncipe, debo dejarte, pero te prometo que volveré la próxima primavera y te traeré dos hermosas joyas para reponer las que has sacrificado.

–Allí abajo en la plaza –replicó el Príncipe Feliz–, hay una niña que vende cerillas. Pero todas se le han caído en el reguero de la calle. La pobre no tiene ni zapatos ni calcetines, ni nada para protegerse del frío. ¡Arráncame el otro ojo y llévaselo!

–Me quedaré contigo una noche más –asintió la Golondrina–. Pero no puedo arrancarte el otro ojo. Te quedarías ciego.

–Golondrina, Golondrina, mi pequeña Golondrina –respondió el Príncipe con firmeza–, haz lo que te pido.

Así que la Golondrina le arrancó el otro ojo, se lanzó volando hacia abajo y deslizó la joya directamente en la pequeña mano de la niña.

Y enseguida voló de vuelta al lado del Príncipe. Ahora te has quedado ciego –dijo emocionada–, así que me quedaré a tu lado para siempre.

Durante todo el día siguiente permaneció sentada en el hombro del Príncipe, contándole historias de lo que había visto en tierras lejanas. Le habló de los ibises rojos, las aves sagradas de los egipcios que, colocados en largas filas a orillas del río Nilo, atrapan peces dorados con el pico;

de la Esfinge, que es tan antigua como el propio mundo y que vive en el desierto y lo sabe todo;

de la enorme serpiente verde que duerme enroscada entre las hojas de la palmera,

y del rey de las Montañas de la Luna, que tiene una piel tan oscura como el ébano, y que venera a un gran cristal brillante.

–Mi querida Golondrina –comentó el Príncipe–, me has hablado de cosas maravillosas, pero en realidad no existe otro misterio tan grande como la miseria. Sobrevuela mi ciudad, por favor, mi pequeña Golondrina, y cuéntame lo que consigas ver allí.

Así que la Golondrina voló por encima de la gran ciudad y vio a los ricos celebrando
y divirtiéndose en sus grandes y hermosas mansiones, mientras los mendigos se
acurrucaban en los portales, muertos de hambre y frío. Al cabo de un rato volvió
y le explicó al Príncipe todo lo que había visto.

–Todo mi cuerpo está cubierto de oro fino –le comentó el Príncipe a la Golondrina–. Debes quitármelo, hoja por hoja, y entregárselo a los pobres.

Y así lo hizo: arrancó hoja por hoja hasta que la figura del Príncipe quedó deslustrada y gris. Entregó todo el oro a los pobres y los niños volvieron a reír y a jugar en las calles; sus caras se tornaron cada vez más sonrosadas.

Pero entonces llegaron las nieves, y a continuación las heladas. Todo el mundo se cubría con pieles, y los niños llevaban gorras rojas y patinaban sobre el hielo.

La pobre Golondrina tenía cada vez más frío, pero no quería abandonar al Príncipe. Le quería demasiado.

Finalmente se dio cuenta de que iba a morir. —Adiós, mi querido Príncipe —murmuró débilmente—. Se acercó para besarle y cayó muerta a sus pies.

En aquel instante se escuchó un extraño crujido en el interior de la estatua. El corazón de plomo se había partido en dos. Sin duda, el frío era intenso.

A la mañana siguiente, el alcalde de la ciudad paseaba por la plaza en compañía de sus consejeros cuando exclamó: –¡Dios mío! ¡Pero qué deteriorada está la estatua del Príncipe Feliz! Y además hay un pájaro muerto a sus pies. Tenemos que publicar un decreto que prohíba que las aves mueran aquí.

Así que bajaron la estatua del Príncipe Feliz del pedestal y la fundieron en un gran horno. Pero el corazón partido en dos no llegó a fundirse, así que lo tiraron a un montón de basura, donde también yacía la Golondrina muerta.

–Tráeme las dos cosas más preciadas de toda la ciudad –le ordenó Dios a uno de sus ángeles–, y el ángel le llevó el corazón de plomo y la Golondrina muerta.

–Has elegido correctamente –le elogió Dios–, pues esta pequeña ave cantará y el Príncipe Feliz vivirá para siempre en mi jardín del Paraíso.

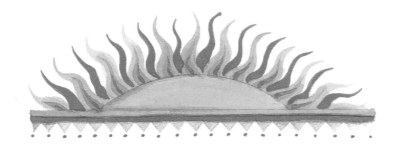